KB102421

파란 우산

파란 우산

한상유 시집

초판 인쇄 2020년 07월 20일
초판 발행 2020년 07월 25일

지은이 한상유
펴낸이 신현운
펴낸곳 연인M&B
기 획 여인화
디자인 이희정
마케팅 박한동
홍 보 정연순
등 록 2000년 3월 7일 제2-3037호
주 소 05052 서울특별시 광진구 자양로 56(자양동 680-25) 2층
전 화 (02)455-3987 팩스 (02)3437-5975
홈주소 www.yeoninmb.co.kr
이메일 yeonin7@hanmail.net

값 10,000원

ISBN 978-89-6253-497-9 03810

파란 우산

한상유 시집

분홍 바탕에 미키마우스가 앙증맞은
우산을 다시 펼쳐, 둘이서만 헤어지고

파란, 빛바랜 줄무늬 우산은 거기에
덩그마니…

연인M&B

23.5도쯤 비딱한 개잠
의 변죽엔
까마귀와 지새는 달
과 새의
사랑 같은 건 없고

2020년 7월

| 차례 |

1부

경강선

경강선

봄 든 줄… 암튼 성긴
눈발
다시 서
노는 아이들 뵈지 않는 유치원 마당이나
흐르는 강물 속 돌 틈, 아무
공간에 질척이더니

첫 번째 정차 역 광장으로 나서는
꽁지바람 어깨너머, 적잖이
사선으로
비끼며

몇 개 터널을 지나도록
기차의 속도를 따르지 못하는
3월. 야트막한 구릉은
여간
우울할 참이다

파란 우산

돌담길 받쳐들고 걷다, 건넨
분홍 바탕에 미키마우스가 앙증맞은
우산을 다시 펼쳐, 둘이서만
헤어지고

우체국 모퉁이 돌아, 눈발 흩뿌리며
철겨운
3월의 끝자락 거슬러
종로통의 하늘은
싸구려 커피 질척이다
문득

파란, 빛바랜 줄무늬 우산은 거기에
덩그마니…

라일락

문리대(文理大) 담쟁이 처마 아래
그림자 숨겨 풋잠 든, 내
콧등을 간질이던
연한 웃음소리, 잎새에
부딪다가

팔베개한 옷섶을 헤집고 들어
오글거리는 햇살과
하릴없이
흩어지는 수업 종소리 아울러
샴푸 빛깔로 터지는

스무 살
눈망울

양지꽃에게

씨앗 하나 왼 가슴께 떨구거든, 어깨너머
모가지 타고 올라
뇌리에 아쉬움이 남았으면
한 해 더 쏘삭이던지, 혹
눈물 언저리엔
누웠다가

헐은 두덩 간질여 돋은 살
되바라져
파란 하늘 부비다
쬐만 얼굴
연한 햇살에 붐비다가

마을 어귀까지 등성이 어디선가
밤나무 목덜미 타고 졸던
까마귀 각시
씨앗 하나 지리거든, 가슴팍에
박히거든

지나던 서울내기가
똥꽃인가
개망초라 우기든
어깨너머 모가지를 타고, 혹
아무 언저리에

춘정^(春情)

다섯 송이를
단 한 번 눈길로 묶을거나

좁은 뜰 모슬빼기*
목련 베이고 허한 자리
햇살 이고 찾아와선, 수줍어
꽃밭에 들지도 못한 연보랏빛, 셋

넷, 다섯 송이 묶어
날내 나는 춘삼월이 뭐 그리 좋아, 몹쓸
사랑을 할거나

* 모슬빼기: 모서리의 충북 지방 방언.

16

황사

디밀어
주저앉는 하늘빛은
다름없이

까끄라기*. 앵두
가지에 핏줄 선
눈
에 꽂혀, 깔끄러운

---

* 까끄라기: 벼, 보리 따위의 낟알 껍질에 붙은 깔끄러운 수염. 또는 그 동강이.

봄의 노래

듬성듬성 옴팬 길
의 섶에 물오를락
말락 치기 당한 가지들 서걱
대는 고르고 고른 날. 동구
못미처 섬*
위 문두*에 주저앉은 자슥의
눈길 아리다
못해

부르는

---

* 섬: 돌층계의 계단.
* 문두: 집채에 딸린 문 바깥 근처.

봄 그리기

고운 능선 따라
원근을 수묵(水墨)으로 흐리게
앞산은 먼산에 기대어 놓고, 어울러
재재대다 부스스… 동구 밖
재를 넘는 까마귀의 긴—
울음 끝자락엔 볕 하나 우두커니
담벼락에 기댄 그
발치, 뉘 집 황구 나 몰라라
막고 조는 옛길 따라
여운을
여백으로

옛사랑

길이 숨는
그때에
점점이 박힌
산꽃
기적 소리에 깨어, 문득

길섶과 4월의 연록 사이
스쳐간 것들로
얼굴 붉힐 줄이야

새삼

햇살지기

양떼구름으로 걸러 반나절이면
한소끔 달아

여문 오들개 주무를 땐 언제고
뽀얀 송이송이마다 눈빛을

들이붓긴요, 그저 개웃
하는 건

찔레꽃머리엔 창포 감은 바람결도
찔려
나자빠진 걸요

2부

그 섬의 너울

강화도

산그림자 흘러
바다의 숲이 될지니

칠게들 나대는
초닷샛날엔
밴댕이 키가 부썩 자란다고

건장한 팔뚝으로
갯내 건져 올려
석쇠에 굽자, 취기 오른
노햇사람* 몇이 산자락에 들기를, 어깨너머

붉은 노을 걸리고, 그림자
산을 두고 바다로 간, 그 무렵

---

* 노햇사람: 바닷가의 벌판에 사는 사람.

그 섬의 너울

꿈밖을 맴돌아
토닥이시니

어깻죽지 옴패어
남은
촛대바위에 노을 지피고

도도록한
곳머릴랑 귀밑머리 풀어
다소곳이,

꿈밖을 맴돌아
얼비치는
하모니카 음색으로

살갑게
어루더듬으시니

갯티길

앞서가던 그녀가
돌아서 가리키는
저만치

옴패고
너울 젖어
주름진 세월의 꼭뒤, 그
너머
어린 사슴 보채다가
목 쉬어 떠난 골짝 사이

산망초인지…

낱꽃 하나 지는 노을
붉게 지핀

그 섬 참

물밀며 써며
혀끝으로 공그리는 콩돌이
자글자글
자미*롭더만

예런듯*, 깊은 곳에
걸터듬다*
시퍼렇게 갈앉은 깔*, 냅다
후린 짓 옴패어
짓궂다 싶은

닮은 듯, 사뭇 낯선
100개 섬들의 끝자락엔
파랑(波浪)이든
곡절, 참…

그렇다

---

* 자미: 재미의 방언.
* 예런듯: 아주 오래전에 일어난 일인 것처럼 아득하게.
* 걸터듬다: 찾느라 마구 더듬다.
* 깔: 빛깔.

낙지 사냥꾼

어슷 물써는 해안선 끝에
바람 빈 자리 찾아

허름한 고깃배 기대 놓고
그가
일어선다

무거운 하늘
갯벌에 묻히는 물때엔
뼈마디가 시린데, 자꾸

바다가 부르니
어쩌겠냐며

조개잡이

헤무른* 갯길 질러야
풀등의 시간만큼
쭈그려, 시린 손 재촉하니

무심히 되뇌는
유행가 가사보다 징한
세월…, 꿰맨

고무 함지에
더께져, 아린
속내

* 헤무르다: 맺고 끊음이 분명하지 못하고 무르다.

어무이

어떻게나 어렵던지
그것참…

원당 뿌려 국수 멕이면서
…
…
아덜에게 미안혔…제
…

거북이

엎어져
운다. 울며
힘겹게 치뜬 눈가를
파리떼 엉겨, 핥는다

만, 어미의 어미가 그랬듯
패인 밤의 자국들
지르밟고, 겨를 없이
떠난 모래톱에

숨죽여도 수리*와 살기*의
허기진 눈빛 예사로이
달 반, 마침내
달이 차오르자

세상에 첫걸음들
내리달려

바다로 간다

---

* 수리: 수릿과에 속한 새들.
* 살기: 살쾡이의 방언.

3부

여행의 묘미

우도

미운 건, 네가
널 미워해서 라고

봄날이 흩날리면
흩날리는 대로

고둥 귓전에 맴도는
숨비 소리*와

그만큼의 거리에서
이마에 부딪는
마파람을 그려야지,

생각마다 떨치고
섬 속의
섬으로

---

* 숨비 소리: 좀녀(해녀)들이 물질할 때 깊은 바닷속에서 해산물을 캐다가 숨이 턱
까지 차오르면 물밖으로 나오면서 내뿜는 소리.

영일만에서 병나발 불다

퍼질러 좋다는 걸
예끼, 구룡포로 가자꾸나. 고래들
짓달리고도*

아쉬운 과메기 살점 잇새에 쟁여
일긋거리는*

그녀의 눈길과
헛헛한 웃음 한 방울이
영일만 파도치듯…

* 짓달리다: 마구 달리다.
* 일긋거리다: 비뚤어지게 움직이다.

광안리의 아침

해장술 고파

기지개 켜는 어디, 선창가
아지매의 점방을 찾는 난
얼뜨기. 의
옛이야기 토렴*하며

헛헛한 속내와 갯것의
비릿한 눈
맞춤이든
그럴려고
대교(大橋)에 넘나는
일탈이든, 그냥

일상의 되돌이표든

---

* 토렴: 밥이나 국수에 뜨거운 국물을 부었다 따랐다 하여 덥게 함.

해운대

등짝이 벌겋게 익어 가도록
물 따라가, 허우적

파도에 감기고
서슴없이
떠밀려

모래알 훑고 떠난 해안선에
내동댕이쳐지더니 까르르—

처박혀, 웃니?

휴가

식욕 이상 취한 눈길을
오글거리는 남포동 거리에
내팽개치고
광안리 큰 다리 넘어, 아무렴
뻐기듯 놀더니

국밥에 걸친 해장술 한잔
기댄 차창엔
꿀맛 같은 노곤함이…

봉포

넋두리 한 주저리
자잘하게
그렇게 비겨대며*, 제풀에
부서지는 포말로
깨작거리다가

처얼— 썩—

일순, 해안선과
구겨진 결

감파랑 들다

---

* 비겨대다: 비스듬하게 기대다.

여행의 묘미

설렘은 잦아들고, 살짝
신발을 구겨 신어도
나무라는 이 없는
할 일도 딱히
추스를 것도 없는
덤으로 주어진 반나절을 멍하니
구름을 보다가
먼 산도 보다가, 깨어 있는 건지
잠든 건지 모호하게 차창에 기대어
기억할 듯도
못할 듯도 한 풍경만
드리없이*, 이음매 부딪는
기차 바퀴 소리에
흔들리는 제 모습이
......

겨르로운

---

* 드리없다: 경우에 따라 변하여 일정하지 않다.

어색한 풍경

그 발치에 슬며시
혹은 듬성듬성
대놓고 들어앉은 공장. 뒤편
어깨를 동무한 능선 따라 달리던 철탑들
생뚱맞게 색동 입고
내려와
뒤뜰에 박히던지
도로를 가로지르던지
전선 가락 축— 늘어진
찜통 속에

더 먼 산에 먼 산 안기고
앞산 허물어져야 한 동 아파트가 서는
풍경

성호(聖號)

1시간 11분 후 허허벌판 모퉁이
몰골 사나운 그때부터
도시거나 어느 소읍, 겉잠 사이 붉게
도대체
달갑지 않은
저
표찰마다 사명(使命)을 치달리며, 잠들라고
토닥이는 손길을 밟아

싫지 않던 일탈은
맹탕
삐그러지려

4부

서울내기

8월의 굴진

인위적 개골창은 듬성듬성 널브러진
배밭의 트집. 어그러져
환청마저 시달리다 도저히

열떠…

미완의 측벽(側壁)이 녹아내리는
조막 그늘엔, 노년
노동자의 한뎃잠 꼬투리 잡는

목마름

서울내기

깎지 않은 볼수염이 썩
어울리진 않지만
낮술 한잔 걸치고 헤어져
풍경이 되는 뒷모습. 한참을 앙—
아지랑이 오르는 10차선의
소음을— 버티다, 말고 실없이

금거래소 나온다고 죄
금상자는 아니잖니, 청담동 거리에서
웃고 말지

혼미

청주행 버스에 오르려다, 탁한
나른함에 치인 그녀의
입술이나 눈에 처바른 것 묻어나고
겨드랑이에 화학반응을 야기하며
체온보다 오른 공기가
콧구멍을 때리자, 허걱—

작은 수

그렁한 눈길을 깔고
꼬인 속내를 눙하게
무엇인가 잘
뱉어지지 않는, 취기를 핑계로
기대어 오줌을 갈긴 그날

옹알이하는
입술을 닦아 준 건

폭삭 개랑*에 자빠져
어깨를 다독인 건, 또

---

* 개랑: 개울의 충청 지방 방언.

산행유감(山行有感)

이고 온
마음 무거워

잎새에 부딪는
산사의 풍경 소리 쉬이 넘은
잿마루 못미처 헐떡이다가, 이젠

내려놓지, 하는

기다림

설렘은… 블랙커피

빈 컵을
구겨, 쥔
채
오를 대로 차
올라

달뜬…
달

Apt촌락민

산허리 질러 나들목 도는
난들*은
말 그대로 우후죽순
나름, 당고개 버금가는
난장을 벌이는데, 소생인들…

목 좋은 곳 들었다
놓는 터 파기쯤 이력차게
장터거리 지나 탈도 많은 103동으로
기어듭니다요

---

* 난들: 마을에서 멀리 떨어진 들.

어린 박쥐

이놈이 커서
가평 한우의 피를 빨든
운악산 비가림 포도의 汁을 즐기든
지금은 손가락에 기대어
눈도 못 뜨고, 가쁜
숨이 가슴 저며

한 목(頭)의 변수와
현상금 100만 원이라는
쇠똥구리 실종사건이 호들갑스레,
천진난만한 눈빛을 날리는
동네 꼬마들의
호기심에도 못 미치는 잡다리*
확률을 곱한
難題를 옴켜쥔 손아귀엔, 다만

잠든 아가—
젖먹이의 온기가

---

* 잡다리: 꼬락서니의 함남 지방 방언.

배추

속고갱이 한 잎만 남아라

징한 가물 그루터기
가을 하늘 스미거든, 그럴려고

저니도 내도 허리가 휘도록
산달밭* 일궈, 맴
조리고

---

* 산달밭: 산지(山地)에 있는 밭.

老교수

詩를 쓰겠노라면, 그가 가라사대
가슴에 사랑 하나쯤 간직해야지
바람피우란 건 아니고…

―피우라고 들려 이죽거린다만

그의 혀
先生이더군

5부

연세 1, 2

계림^(鶏林)의 생기

그랬지,
아무렴. 한데

바람 끝 변하고
안타까움이든
망각이든
뒤집을 수 없는 모래시계
쉼 없이 흘러내려, 아귀가
힘을 잃고서야 펼쳐 보는
마디 굵은 손금 사이, 숲에서

닭이 운다. 새벽
천 년을 열던

목마름으로

호접지몽(胡蝶之夢)
—나비 날아들어 꿈은 아닌

1. 물에 춤

자맥질 애쓴다만
어쩌자고
힘들고 어색한데 웃으며 뒤집어져
삼각 편대로
평행선을 긋고, 코매무새 애매한 체
외사위풍*이랄지
꼿꼿한 마름 겨드랑이 매끄러지는
물속이 긴가
까무룩 내 꼴이
민가

2. 얕은 위엄

패대기쳐진 개잠의 틈새를
흰나비 훨—
날자, 관음죽에 꽃 피듯
히물쩍 혹
생목이 오르는 건지, 별게 다
어리둥절해서

---

* 외사위풍: 탈춤의 춤사위의 하나.

正午의 습성

가령 눈부신 까닭은 창가에
일상적인 투과성 어지러운 아지랑이
화분 두 개의 잎새를 스쳐
커튼에 스미든가 햇살
부딪쳐 오르든가 혹은
구실로

건반을 쏟아내다, 기억이 흐려진 손가락
접질려
야상곡 선상엔 Bb의 정적이
허접스레
문예지(文藝誌) 뒹구는
탁자에 관음목
꽃 드리운 음지에 혹은

조율이 풀린 눈의 물로 정화된
正午에 스미든가
오르든가
그것의 잔상으로

까마귀 戀歌

하필 지새는 달 걸린
전신주에 눈과
귀가 멀어도 좋을 사랑 하나씩
목이 갈려

열린 창틀에 끼인 새벽 같은 공기
끌어 덮으려다, 어설피
깨어 건드린 자명종처럼 내동댕이쳐진
개잠의 변죽엔
새의 사랑 같은 건 없고
놓인 대로 엎어져
베갯잇으로 틀어막아도

아우성의
되돌이표. 설마
다반사인가… 싶은

詩를 읽다

어쩌다

權 선생의 詩와 요절한
奇 시인 벗닿아*, 지펴진
생각이

고뿔도 제가끔 앓으랬다… 던가
너스레에 피식

어디쯤, 그네 그림자
걸려
마른 가지에

갈빛 제 홀로
'꿈'이라 적더군

---

* 벗닿다: (불이) 나뭇조각이나 숯 여러 개가 한데 닿아서 일어나게 되다.

그의 시를 핥다
—짧은 변주 on 슭

해는 요 며칠
바람 꼭뒤나 지르듯 이냥
어제와의 판박이 놀이
잘 놀지, 어쩌자고
대낮
하필 '봄날은 간다'에
엎지른 피
같은 막걸리 풀린 눈동자로 핥다가

삼류 극장의 지린내 타고 비 내리는
끊겼다 어이없이 이어지는
쌍팔년도를 공유한
가슴 튼 처지에

날렵한 가지들은 담장 밖으로 치밀든지
살아 있다는 건 뭐 저냥
눈 가리고
진배없는
일상 속
불온한 욕망을 외면하느라 평온한
복개천 골목. 해는

요 며칠
선한 바람 마주 꼬드기듯

내리
―두 편 詩에 붙임

섧다면 섧게,
황망히… 말고

우리의 靑春과 死別은 없이
별일 없이
느지막엔
눈길이나 날랠까만
게을러 더디

물씬 별아저씨를
읊조리며,
바람 꼬드기는 못된 사랑놀이든
目下*, 한바탕 놀이터에서
휠―
놀자는

---

* 目下(목하): 바로 지금.

오지꼬지

가슴 시들어 가는 아래 배꼽께서
발칙하게

울어도 다
못한다는 듯
손가락을 튕겨 보지만

첨잔은 금물
서슬져 아니라는데, 때아닌
굳센 믿음과
서글서글한 눈매로 우러를수록 덜 차올라
비틀거리는 달님은
명랑한가, 하는

어제와 헤어져 불면에 시달리면, 또
그 얘기, 구태여

연세 1, 2

맹탕.

6부

궁디 수난기 (受難記)

궁디 수난기(受難記)

푼더분해진 앞을 탓잡아
감춘다지만, 굴진 뒤태
부끄러운 건 아니야. 가령
들썩이는 돌쩌귀 위라도
기댈 수 있으니 두루뭉수리로
넘어가던 것뿐인데

알 수 없는 이유로 악몽에 시달리다
그날 밤
불 맞은 언저리, 즉
아슬아슬한 오른짝에 몽니나더니

올망졸망 몽돌밭의 여름밤과
해맞이 길 무박조차
어벌쩡
넘긴 거기. 고자리* 쑤신 배춧잎마냥
구멍이 나

극작가이고 싶었고, 미용사가
차라리 적성이야. 라며

---

* 고자리: 노린재의 애벌레.

직업적으로 쥐어짜는 아내 손에
피고름을 쏟으면서도, 낌새에

똑바로 누울 수 있자마자
댓 병 소주로 장을 꼬드겨 얼추
이틀이나 사흘쯤 똥꼬가 헌다 한들
키득거릴 줄

봄날에

공부하기 싫을 만도 한 봄날
공부하기 싫은 작당이
시러베장단*에 잘~들 논다
얼빠진 야들이 땡땡이, 자전거 끌고
아무튼 간다는데

막걸리 쟁이다 붓고
괜히 붓고
뒷산허리 돌둑에 기대 들붓고도, 거반
마루 미처 햇살지기
봄바람 산드라니, 붓다
붓다
붓다 죄 까무룩―할 틈, 턱없이
풀린
섭이
브레이크. 손봤자
벌써 해 떨어질라 혹여
언덕바지
꽃떨기 길에
두고 내뺄 수는 없으니

_____

* 시러베장단: 실없는 말이나 행동을 낮잡아 이르는 말.

단벌 구두 뒷굽을 제동기 삼아
비치적비치적, 웃을
거린지…

공부하기 싫을 만도 한 봄날, 나름
다붓다붓한* 시러베들의 푹―
절은 등판 위로
노을은 붉고, 거참…

* 다붓다붓하다: 여럿이 다 매우 가깝게 붙어 있는 모양.

인호傳

모임에 온 소씨, 마씨, 계씨
교수라며, 개나 소나 죄다 선생이냐며
웃게 하던 넌 소

아버지가 소(蘇)씨임에 틀림없으나
취해 돌아오신 날
알고 보니 맥주 반 잔뿐이었다면, 넌
주워 온 게야

세월 좀먹는다고, 뜬금없이
상호 녀석
처진 내 눈이
네 쌍꺼풀보다 낫다거니, 용균이도
맞장구치는 건지

靑春을 무색케, 늘
어울리던 신촌 뒷골목엔
통기타 하나로 족하던 2층 주점과 광화문 근처
허름한 봄과 여름과 가을을 오가던 그 겨울을
오늘, 어때?

전호동傳

어쩌자고
오대골 개구지 둘이
나룻배를 밀고
올라타 보니, 어럽쇼
노가 없네. 그래서 뭐
두 팔이 노지. 하여
저었답니다 힘껏

그런데 말이죠
팔심깨나 쓰고 돌아보니
천릿길
맞은편은 만릿길, 냅다
팽개치고 죽을 둥 살 둥
버둥댔다나, 쯧쯧
배는 어찌됐냐면…
그건 모른다며

소주 한잔 삼키고
쥔 양반, 쉰도 넘긴 전호동이가
이제사
미안합네다. 합니다그려

당최 1

당산철교 역시 여기저기 시원찮다더니
막무가내로 2호선
합정역과 당산역 사이가 끊겼을 때
작당하고 1차, 2차, 노래방 후 어깨를 엇걸어
홍대 밤거리에 휘청, 막차 놓친 김에
딱 한잔만 더

하더니, 누군가 흔들어 깨운
당산역. 기어코 탄 첫 차의
종착역이라니, 건너가
다시 전철에 오르긴 했는데

웅성거리는 소리에 살짝 실눈 떠 보니
언제부턴지 붐비는 객차에
안방인 양 누웠더군. 등판이
흥건해지는 걸 눈 꼭 감고 참다가
멈출 새라 벌떡 일어나 내빼서는

훤히 밝아 오는 충정로 큰 멍석에
비뚜르미*. 절로 조롱하며, 실없이
웃음만…

* 비뚜르미: 통영오광대 풍자탈놀이에 등장하는 탈.

述而不作

어제도 술이 술 먹고, 사촌
기와집 사 주다 깨 보니
거실 소파일세
모두 출근하고 등교하고… 쓰린 속 달래며
늦은 핑계를 도모하는 꼬락서니하고는

조만에

나이 들어
겉절이든 신김치 가리지 않으니
이쁘다고, 당최
김치 담그는 일 없는 아내가
칭찬을 뱉으며 손수
한 솥 가득 곰탕 끓이시니

놋좆*에
노를 걸세~

---

* 놋좆: 배 뒷전에 자그맣게 나와 있는 나무못. 노의 허리에 있는 구멍에 이것을 끼
  우고 노질을 한다.

당최 2

(주구장창 마세다간…, 글쟁입네
끄직거리, 입때껏
뭐라도… 건질낀데…)

연신
뚝배기에 토렴하며, 쌜룩
웃것다
국밥집 국분 할매

설거지

父子間 먹고 닮기는

발가락을 곰지락곰지락
마지못해

하물며
서툴게

당최 3

(띠리리~) 여보셔
그래, 광석이니?
......
대장에서 서너 개 뗐다.
......
술 담배 끊으라겠지. 그런데
오늘 시간 괜찮으면 한잔 어때?

환승 실패기

회기역을 쩔쩔매다
떠름하게
디밀려 올라

손잡이를 외면하시는 노익장과
청춘 남녀 몇이 성가시게
사이를 헤집으며, 혹여나…
청량리 지나도록
어기적거리더니

초연한 듯 문가에 기댄
아리따운 아가씨와
눈 한 번 마주친 게 어색해, 남들처럼
핸드폰 꺼내 들고
웹툰에 빠진 척하다, 그만

당최 4

춘천이여!* 입이
귀에 걸린 건 그네로 하늘 찬 듯
들떠
고리삭은 청춘이라도 맨발엔
태슬 슈즈군, 달뜬
어섯눈* 두리번거리다 참
무색하지, 씨근펄떡 올라 찡겨
앉자마자 부은 눈덩이 매만지는 아낙의
뜨악한 시선.
을 막아서는 앞자락들 비집고, 웬걸
배꼽 쓰는 햇살 탓일지, 아우…

…

… 잠깬 장이… 당연지사…
밀어낼 태세니, 세…
정류장만 두 정류장만… 애를 쓰지만
아슬아슬한…

---

* 춘천이여: 그네가 높이 솟았을 때 내는 말.
* 어섯눈: 사물의 한 부분 정도를 볼 수 있는 눈.

7부

질투

인사동

종로통에서 접어들자
발 익은 골목은, 갈빛
해거름

구름 트인 새
퍽이나
나무의 푸른 그림자 허리 꺾여 기댄
그 화방(畫房)의 근방일지, 스산한

눈길 닿는 한 점
그림의 환청 혹은 그니가 건넨
난로 곁
찻잔의 온기 따위, 없는

저만치든 나의 뇌리에
허상(虛像)이 뒹구는…, 갈빛

아득한 날의
해거름녘

조종川

그닥 술에 감겨
별 볼 일 혹은 어린 밤을
노래하면

어느 겨를, 그 별인지
고별(告別)인지, 추렴을
들든지

감장 여울 소리 시린
잔별
파리하게

흐름

상여^(喪輿)

무르익어 흩날린
햇살이랴, 곱게 지는
낙조^(落照)도 이리 섧거늘

에헤—이 에헤—이
에헤이야아—

선소리꾼 앞서거니 뜨는
섬마을 길섶엔, 먼—빛
파도가 일렁이고, 오늘 밤

하늘을 안고
별이 쏟아지지

에헤—이 에헤—이
에헤이—야아—

질투 1

歸天을 꿈꾸며 오늘은
천상
시인이라… 시니

질투 2

조 지지배는
나두 나두 나두 해도 보여
안 주고, 쏙—
집어넣네그려

발끈하려무나

어린것이 되모시*인 양
어찌나 유들유들한지, 식어 빠진
싸구려 커피마저 아까운
벌짓거리로

二八芳年, 설사
안달이라도
새끼를 볼거리로 내놓은
애비 볼기짝에
혈장(歇杖)이라도 한 대
안겼으면, 하니

---

* 되모시: 이혼하고 처녀 행세를 하고 있는 여자.

반달

그 길가
돌아선 모퉁이엔, 덜
여문 달

야식집 배달통에 앉았더라

넋없이…

맛있는 오후

한 사발 한숨에
마파람 들이키고 처박힌
개골창에

끼얹혀진 조개구름 헤집어
봄 햇살, 헛
씹으며 까무룩—

장딴지를 두드리니

간이역

물 댄 논 옆 게으른 농부의 이랑은 무릇
제멋대로 푸르고, 탁한
개울가 드리운 버들 그늘로
오리 한 마리 흐르는 산모롱이
꿈처럼 내리는 배꽃
자드락*엔

섬마섬마, 어린 가지 어르는 봄
바람결이
달갑기도 하거니와, 모금모금
삶은 달걀 오물거리며
덩달아 물오른
콧소리로

달뜬 채
플랫폼을 서성이는 햇살의
조우

---

* 자드락: 나지막한 산기슭의 비탈진 땅.

들꽃

손톱만한 향기는
햇살에 오르고 줄무늬와
흰 빛깔만 밟히려니

작은 재채기에도 흔들리다
모가지가 꺾일 듯

모로 누웠다가, 파릇
곧추서는 바람 발치에서

4월은 슬픔 없이
목이 타는군

느개

걸케* 풀려 쫄랑쫄랑
돌부리에 채이면서, 둔덕
가랑이나 적실 깜냥껏 흩뿌려진
한나절, 발을 담근

왜가리의 영토는 제법
포실하려니, 아직은
물 댄 논에 쟁기 소리 차갑대도

햇살 간질이면 낼이나 모레쯤
솥단지 걸고
통발 놓자고, 도통
설레는 걸

---

* 걸케: 봄볕에 살짝 녹았다가 찬바람과 추위에 다시 얼어, 겨우내 쌓인 눈의 거죽.
  평북 지방 방언.

느티나무

푸름 아우르자
허리춤 끄르고 놀던 달빛 그늘

바스락대며 새벽 물들어
낙엽은 구르라지

아린 속
새살 돋으면

햇살 웃어
한아름 안길 테니, 열없이*

연록이 기쁜 날엔

---

* 열없다: 좀 겸연쩍고 부끄럽다.

갓 잡아 올린 생선비늘처럼
팔딱거리는 토속어

정진윤(시인, 가평문인협회 고문)

시인의 작품을 읽으면서 뜻밖에도 그 얼굴 속에 감춰진 소년을 발견하고 그와 마주하는 간격이 좁아지고 있음을 느끼게 된다.

언젠가 미선이가 피었다는 소식과 앵두가 익으면 낭송회를 열자는 얘기에 모두가 손꼽아 기다리던 날을 안개처럼 보내고 다시 그의 내면을 들여다보는 기회가 주어졌음이 기쁘고 감사하다.

그를 성장시킨 도회지를 아주 등질 수는 없었다. 오월처럼 푸르던 날의 추억을 뒤적이기도 하고 새로운 추억을 엮기에는 유년기의 냄새가 송홧가루처럼 날아와 앉는 우리 지역에 자리잡는다.

시인은 발밑에 지나치기 쉬운 작은 풀꽃과 조종천을 타고 흐르는 불빛에 머물기도 하고 홀연히 낯선 곳을 찾아 떠나기도 한다. 그 머무름에서 잉태된 떠남은 머묾으로 귀결되고 다시 낯선 풍경과 표정을 찾아 떠남이 두 번째 작품집이 되었다.

작품을 한 편씩 읽으면서 여행지의 바람이 시인의 내면에 담기는 언어를 다듬어 시어로 탄생하는 과정을 돕는다. 처음 만나는 사람들의 체취가 작품의 회화성에 덧칠을 거듭하며 새로운 색조와 명암을 창조하고 있음을 발견한다. 그러나 거기서 그치지 않고 침묵 행간을 두었다. 독자들의 의식 속에 꼬물거림을 느낀다. 독자들로 하여금 그들의 감성으로 작품에 동참하고 싶다는 욕구가 작품에 머물게 한다.

대개 처음 시를 쓰는 사람들도 서정시에서 시작하는 것이 일반적이며 실제로 가장 많은 작품이 나오고 있다. 그러나 서정시에서 보여지는 체험이나 자기 성찰을 통한 고백이 작품의 완성도로 이어지지 못하는 경우도 있다. 그러나 한상유 시인 특유의 토속어로 이루어진 시어가 갓 잡아 올린 생선의 비늘처럼 팔딱거린다.

한상유 시인의 작품을 읽으면서 그의 언어에 접근하고 동강난 단락에서 길을 잃지 않기를 당부한다. 아직 보내지 못한, 아니

결코 떠나보낼 수 없는 청춘과 만나는 과정이다. 시집 발간을 축하하며 내 마음에 이는 물결을 해설이라는 형식으로 기록한다.

1.

맑고 투명한 컵이 아니었다. 그의 정서의 바탕은 하얀 사기대접에 담긴 물이다. 외적인 요소에 의해서 또는 내적인 소요에 의해 물은 흔들린다. 아직 봄이 멀었다고 마음을 닫고 들어앉은 방문 틈을 비집고 나비의 날갯짓이 귀를 두드리며 눈앞에 셀 수 없이 많은 선을 그린다. 행간이 맥박처럼 뛰고 때로는 낮게 때로는 높게 날아오른다.

봄 든 줄… 암튼 성긴
눈발
다시 서
노는 아이들 뵈지 않는 유치원 마당이나
흐르는 강물 속 돌 틈, 아무
공간에 질척이더니

첫 번째 정차 역 광장으로 나서는
꽁지바람 어깨너머, 적잖이
사선으로
비끼며

몇 개 터널을 지나도록

기차의 속도를 따르지 못하는
3월. 야트막한 구릉은
여간
우울할 참이다

_〈경강선〉 전문

　경강선은 경춘선이 개명한 새 이름이다. 새 이름을 얻은 대가
로 약간의 변화를 수용했지만 아직은 3월처럼 을씨년스럽다. 겨
울이라고 하기에는 들려오는 봄소식에 무안해지고 봄을 느끼기
엔 옷깃을 파고드는 바람에 움츠러들 수밖에 없는 우울을 건너
기 위해 경강선에 앉아 시선을 보낼 것을 권한다. 때로는 사선으
로 비끼는 꽁지바람이 추락하는 진눈깨비의 안착을 거드는 날이
면 더더욱

돌담길 받쳐들고 걷다, 건넨
분홍 바탕에 미키마우스가 앙증맞은
우산을 다시 펼쳐, 둘이서만
헤어지고

우체국 모퉁이 돌아, 눈발 흩뿌리며
철겨운
3월의 끝자락 거슬러
종로통의 하늘은
싸구려 커피 질척이다
문득

파란, 빛바랜 줄무늬 우산은 거기에

덩그마니…

_〈파란 우산〉 전문

시간은 수평을 거부한다. 누구에게나 평등할 것 같은 시간은 한 번도 평등을 나누어 주지 않았다. 또한 시간은 안락함을 허용하지 않았다. 지금도 인간에게 문명의 이기를 허락하지 않는다. 계단으로 한 걸음 한 걸음 오르고 또 내려올 것을 명령한다. 미키마우스 우산에서는 둘만의 작별로 종결이 가능했다. 다음 날의 만남이 예정된 작별이다. 그러나 종로통의 하늘이 싸구려 커피의 맛과 빛깔처럼 암울했던 시절을 지나왔음에도 빛바랜 줄무늬 우산은 지금도 혼자일 수밖에 없는 현대인의 자화상으로 주어진다.

씨앗 하나 왼 가슴께 떨구거든, 어깨너머

모가지 타고 올라

뇌리에 아쉬움이 남았으면

한 해 더 쏘삭이던지, 혹

눈물 언저리엔

누웠다가

_〈양지꽃에게〉 부분

지금껏 양지꽃을 정성스럽게 심고 가꾸는 사람을 본 적이 없다. 정원의 꽃은 사람이 가꾸지만 야생의 꽃은 신이 가꾼다고 한다. 신의 손길이 양지꽃을 찾는다. 그러나 양지꽃도 신의 존재를

알지 못하고 산다. 그렇게 눈물로 씨를 뿌리고 단단한 흙을 뚫고
물줄기를 찾고 하늘을 향해 꽃대궁을 밀어 올린다. 작은 키로 발
돋움을 하고 피우는 꽃이 봄 기슭을 밝힌다.

> 지나던 서울내기가
> 똥꽃인가
> 개망초라 우기든
> 어깨너머 모가지를 타고, 혹
> 아무 언저리에
>
> _〈양지꽃에게〉 부분

　시인은 신이 내리는 말을 받아 적는 사람이라고 한다. 신이 자
신을 먹이고 입히고 있음을 알고 있는 지금에야 양지꽃이라고
이름 하나 제대로 불러 주지 못하는 그저 지나가는 서울내기쯤
은 마음에 담지 않는다. 무엇으로도 대체되지 않을 유일한 존재
이며 그 누구도 대신해 주지 않을 소중한 생명을 이름보다 먼저
부여받은 귀한 존재로 살 수 있다. 인간의 불행도 타인과의 비
교에서 시작되는 것을 알려 주는 역할도 시인의 몫이라고 할 수
있다.

　2.
　우리가 사는 공간에도 섬이라 불리는 소외된 땅, 시각적으로
는 뭍으로부터 완전히 분리되어 전혀 다른 개체로 보이는 곳이

다. 그 섬의 속살을 본 일이 있는가? 어느 날이었을 것이다. 조금씩 젖어 오는 옆구리를 내어 주기 시작한 것이 이제는 파도에 갇혔다. 본체로부터 분리된 조각이 완전함을 상실하게 한다. 때로는 자의식에서 박리된 정서에 지배당하는 듯하지만 떠나온 원류로의 회귀를 염원하는 것처럼 섬은 뭍을 잊은 적이 없다.

산그림자 흘러
바다의 숲이 될지니

칠게들 나대는
초닷샛날엔
밴댕이 키가 부썩 자란다고

건장한 팔뚝으로
갯내 건져 올려
석쇠에 굽자, 취기 오른
노햇사람 몇이 산자락에 들기를, 어깨너머

붉은 노을 걸리고, 그림자
산을 두고 바다로 간, 그 무렵

_〈강화도〉 전문

수천의 파도를 넘어 닿을 수 있는 고립된 섬, 권력을 잃은 형벌의 땅에도 생명은 나고 자란다. 그리고 다른 생명을 부양한다. 무거운 하루를 지고 온 노을도 저 바다에 이르러 안식을 찾는다.

화자는 파도보다 높은 산그림자를 비비고 주물러 또 하루를 빚
는 바다에는 안식과 출발이 공존한다.

> 헤무른 갯길 질러야
> 풀등의 시간만큼
> 쭈그려, 시린 손 재촉하니
>
> 무심히 되뇌는
> 유행가 가사보다 징한
> 세월…, 꿰맨
>
> 고무 함지에
> 더께져, 아린
> 속내
>
> _〈조개잡이〉 전문

뗄배를 밀며 시린 손으로 깁는 세월, 조개 잡는 어부의 아내에
게 바다는 무엇일까. 고무 함지를 닦을 겨를도 없는 고단한 가슴
에 켜켜이 앉은 더께를 보는 시인의 눈이 있다.

> 어떻게나 어렵던지
> 그것참…
>
> 원당 뿌려 국수 멕이면서
> …

...

아덜에게 미안혔…제

...

_〈어무이〉 전문

  동서고금을 막론하고 어머니의 사랑을 노래하지 않은 시인이
있을까? 어머니의 사랑은 언제나 따뜻하고 눈물겹다. 때로는 따
끔하게 박히기도 한다. 어머니는 자식 기르며 속상했던 기억은
다 잊고 준 것은 처음부터 모르고 못해 준 것만 어제 일처럼 아
물지 않는 상처로 앓는 사람들이다. 그러면서도 미안하다는 말
도 듣는 데서는 못하는 사람이다. 아마 화자도 자식을 기르면서
아직 하지 못한 말을 듣고 있을 것이다. 시인이 본 어머니의 사
랑은 두고두고 아린 사랑이다. '아덜에게 미안혔…제' 이 말을 입
밖으로 뇌이기까지 또 얼마나 긴 세월을 앓았을지, 지금 시인의
가슴도 이렇게 아릴 것 같다.

  3.

  동물이 지닌 귀소본능(歸巢本能)에 대한 설명을 들으면서 반문했
다. 그럴거면 처음부터 떠나지 않으면 편할 텐데 뭐 하러 떠나
그 고생을 하며 돌아오는지 모르겠다고, 그러나 그때만 해도 귀
소본능의 이면에 이소본능(離巢本能)이 있음을 몰랐던 시절이었다.
권태로움을 털고 무언가 얻을 수 있다는 기대를 품고 떠나는 길
에서 지난 시간을 돌아보기도 하고 무언가를 얻을 수 있다는 기

대보다는 아직 내려놓지 못하고 있는 것이 눈으로 들어오기 시작한다.

> 미운 건, 네가
> 널 미워해서 라고
>
> 봄날이 흩날리면
> 흩날리는 대로
>
> _〈우도〉 부분

흔히 사랑은 주는 것이라고 쉽게 말한다. 사랑은 상대에게 어디까지라고 정하지 않은 그 이상을 내어 주는 일이다. 비단 물질에 국한된 것이 아닌 정신 더 나아가 영혼에 굴절을 허용해야 하는 것인지도 모른다.

> 해장술 고파
>
> 기지개 켜는 어디, 선창가
> 아지매의 점방을 찾는 난
> 얼뜨기. 의
> 옛이야기 토렴하며
>
> _〈광안리의 아침〉 부분

이야기가 옛이야기라는 이름을 얻는 순간부터 일회성을 상실한다. 국물이 있는 음식의 최적화된 맛을 위해 끓는 국물에 토렴

을 하듯 옛이야기는 생생한 현장감을 유지하기 위해 몇 번을 곱
씹어도 처음처럼 호응하고 감동한다. 상처든 열락(悅樂)이든, 낯선
여행지의 조금은 초라한 가게에서 이렇게 머무는 것도 언젠가는
옛이야기가 되리라.

등짝이 벌겋게 익어 가도록
물 따라가, 허우적

파도에 감기고
서슴없이
떠밀려

모래알 훑고 떠난 해안선에
내동댕이쳐지더니 까르르―

처박혀, 웃니?

_〈해운대〉 전문

가끔은 불가항력적인 힘에 떠밀려야 할 때가 있었다. 맞서 보
려고 애를 쓰는 것도 허사였다. 그럴 땐 저항하지 말고 그냥 떠
밀림에 맡겨야 한다는 것을 알았을 때는 더 이상 아무것도 남지
않았을 때였다. 복서가 KO를 당하고 링 바닥에 드러누워 바라
보는 허공엔 지금껏 누려 보지 못한 평화가 있다고 한다.

그 발치에 슬며시

혹은 듬성듬성

대놓고 들어앉은 공장. 뒤편

어깨를 동무한 능선 따라 달리던 철탑들

생뚱맞게 색동 입고

내려와

뒤뜰에 박히던지

도로를 가로지르던지

전선 가락 축— 늘어진

찜통 속에

더 먼 산에 먼 산 안기고

앞산 허물어져야 한 동 아파트가 서는

풍경

_〈어색한 풍경〉 전문

우리가 잃은 것은 소 모는 소리나 메주 냄새뿐이 아니다. 주변을 둘러보면 부드러움은 사라지고 모가 난 직선들이 위압적인 자세로 일상을 지배하려 벼르고 있다. 하루를 시작하는 햇귀가 보이는 능선이나 낮부터 떠돌던 하얀 달을 숨겨 주던 구부정한 소나무, 물봉숭아 헝클어진 도랑섶도 콘크리트에 매몰당했다.

4.

도시, 성장의 그늘에 기대 소년은 무엇을 꿈꾸며 하루를 보냈

을까 더듬어 본다. 봄마다 하느작거리는 버들가지도 한여름 벌
거숭이 첨벙거리며 피라미 쫓아다닐 개울도 겨울이면 눈사람을
만들어 세울 대문도 없는 곳에서도 아이들은 태어나고 자란다.
그리고 저무는 삶이 뼈저리게 고독하다.

미완의 측벽(側壁)이 녹아내리는
조막 그늘엔, 노년
노동자의 한뎃잠 꼬투리 잡는

목마름

_〈8월의 굴진〉 부분

　번듯하고 휘황한 도시, 어디에도 마음놓고 발을 뻗을 손바닥
만한 그늘도 주어지지 않는다. 내 소유가 아니면 잠시도 넘볼 수
없는 자본의 절벽을 오를 수 없었다.

이고 온
마음 무거워

잎새에 부딪는
산사의 풍경 소리 쉬이 넘은
잿마루 못미처 헐떡이다가, 이젠

내려놓지, 하는

_〈산행유감(山行有感)〉 전문

산이 높은 여러 가지 이유 중 하나, 턱에 숨이 닿도록 올라갔지만 훌훌 벗어 버리고 걸음부터 가볍게 내려온다. 그 후로 누구도 그 무게를 다시 찾으러 간 사람은 없다고 한다.

속고갱이 한 잎만 남아라

징한 가물 그루터기
가을 하늘 스미거든, 그럴려고

저니도 내도 허리가 휘도록
산달밭 일궈, 맴
조리고

_〈배추〉 전문

농사란 사람이 할 바를 다 하고 하늘의 뜻을 기다리는 일이다. 비 한 방울을 기다리며 별을 보았을 것이다. 허리가 휘도록 일을 해도 결실은 하늘의 일이다. 높은 바람이 불고 은하수도 허리를 휘어 가로누울 즈음 가을이 온다. 도시에서 자란 서울내기에게 촌부의 가슴을 들여다보게 하는 건 바로 시인의 눈이다.

5.

지나간 것은 아름답다고 한다. 지나간 일에 아름다움을 부여하는 것은 과연 무엇일까 생각해 볼 때가 있다. 어떤 사건에 단순히 시간이 더해졌다고 아름답다고 할 수는 없을 것이다. 기억이 흐려져 고통이나 상처를 잊었기 때문도 아니다. 어쩌면 다시 돌아가고 싶어서가 아닐까 한다. 누구에게나 다시 돌아가고 싶은 순간 하나쯤 있을 거라는 생각이다.

그랬지,
아무렴. 한데

바람 끝 변하고
안타까움이든
망각이든
뒤집을 수 없는 모래시계
쉼 없이 흘러내려, 아귀가
힘을 잃고서야 펼쳐 보는
마디 굵은 손금 사이, 숲에서

닭이 운다. 새벽
천 년을 열던

목마름으로

_〈계림(鷄林)의 생기〉 전문

되돌릴 수 없는 시간, 망각의 늪에서도 시인은 그날의 닭 울음을 기억해 낸다. 수천 년의 역사를 과거사로 치부할 수 없는, 오늘도 영원 세세의 염원에 때맞춰 물을 준다.

자맥질 애쓴다만

어쩌자고

힘들고 어색한데 웃으며 뒤집어져

삼각 편대로

평행선을 긋고, 코매무새 애매한 체

외사위 풍이랄지

꿋꿋한 마름 겨드랑이 매끄러지는

물속이 긴가

까무룩 내 꼴이

민가

_〈호접지몽(胡蝶之夢)〉 부분

오래전 장자에 매료되었다.

北冥有魚, 其名爲鯤

化而爲鳥, 其名爲鵬

북녘 바다에 물고기가 있다. 그 이름을 곤(鯤)이라고 한다.

그 크기가 몇 천 리나 되는지 알 수가 없다. 이 물고기가 변해서

새가 되면 그 이름을 붕이라 한다.

호접지몽은 바로 곤(鯤)과 붕(鵬)의 연장이라고 할 수 있다. 그렇
다면 곤(鯤)과 붕(鵬)의 차이는 무엇일까? 곤은 아무리 커도 물을
벗어날 수 없었다. 물을 떠나는 동시에 생존이 불가능하다고 인
식하는 것은 상식이다. 그러나 붕은 커다란 날개로 공기를 차고

양력을 만들어 구만리 상공을 날아다닐 수 있었다. 바로 상식의 범주를 벗어나는 순간 붕이 지녔던 지느러미를 버리고 날개를 얻는다. 사람은 육신이라는 옷이 주는 많은 한계를 받아들여야 한다. 시인에게도 현실을 받아들이기 위해 접어 둔 날개가 있었다. 그리고 꽃이 피던 자리마다 눈이 쌓인 날이나 좁은 평상 위로 송홧가루 날아와 앉는 날이면 죽지에서 쉼 없이 들리는 파닥임에 몸을 싣고 날아 보기도 하고 가까스로 날갯짓을 심장의 박동으로 바꾸면서 깨어 있는 내가 되기를 수없이 되풀이한다.

결국 장주(莊主)도 아직까지 긴가민가….

하필 지새는 달 걸린
전신주에 눈과
귀가 멀어도 좋을 사랑 하나씩
목이 갈려

열린 창틀에 끼인 새벽 같은 공기
끌어 덮으려다, 어설피
깨어 건드린 자명종처럼 내동댕이쳐진
개잠의 변죽엔
새의 사랑 같은 건 없고
놓인 대로 엎어져
베갯잇으로 틀어막아도

아우성의
되돌이표. 설마
다반사인가… 싶은

_〈까마귀 戀歌〉 전문

　노산(蘆山) 이은상 님의 '소경 되어지이다'를 연상하게 한다. 얼
핏 보기에는 조금의 유사성도 발견하지 못하기도 하겠지만 ―극
단적으로 치닫지 않는 결구에서― 첫째 연에서 '눈과 귀가 멀어
도 좋을 사랑 하나씩 목이 갈려'라는 처절함을 다반사라 귀결하
는 사랑을 기어이 찾아낸다.

　權 선생의 詩와 요절한
奇 시인 벗닿아, 지펴진
생각이

고뿔도 제가끔 앓으랬다… 던가
너스레에 피식

어디쯤, 그네 그림자
걸려
마른 가지에

갈빛 제 홀로
'꿈' 이라 적더군

_〈詩를 읽다〉 부분

어찌어찌 연이 닿아 가슴 튼 사이라도 앞앞이 주어진 몫이 있다. '고뿔도 제가끔 앓으랬다' 이미 하늘을 건너간 연이 다시 눈에 어린들 꿈일밖에….

6.

어느 곳이라도 좋았다. 잘 부푼 빵 반죽 같은 구름 한 조각이면 소주 몇 병은 마신다고 했다. 생라면 부수어 스프 뿌리면 고급 안주라고 킬킬거리던 더벅머리들이 어느덧 넥타이 부대의 일원이 되었고 가슴보다 배가 더 불룩해진 실루엣이 명함으로 바뀐 지금도 청춘은 울컥울컥 일탈을 모의한다.

풀더분해진 앞을 탓잡아
감춘다지만, 굴진 뒤태
부끄러운 건 아니야. 가령
들썩이는 돌쩌귀 위라도
기댈 수 있으니 두루뭉수리로
넘어가던 것뿐인데

알 수 없는 이유로 악몽에 시달리다
그날 밤
불 맞은 언저리, 즉
아슬아슬한 오른짝에 몽니나더니

올망졸망 몽돌밭의 여름밤과

해맞이 길 무박조차

어벌쩡

넘긴 거기. 고자리 쑤신 배춧잎마냥

구멍이 나

극작가이고 싶었고, 미용사가

차라리 적성이야. 라며

직업적으로 쥐어짜는 아내 손에

피고름을 쏟으면서도, 낌새에

똑바로 누울 수 있자마자

댓 병 소주로 장을 꼬드겨 얼추

이틀이나 사흘쯤 똥꼬가 헌다 한들

키득거릴 줄

_〈궁디 수난기(受難記)〉 전문

　참 난감한 일이다. 하필 숨기고 살 수밖에 없는 자리, 트집을
한다. 이 자유로운 영혼에게 자유를 헌납한 손에 맡겨야 하는 난
감한 일이 생겼다. 그러나 참아 내는 건 잠시면 족하다. 똑바로
누울 수 있게 되자마자 출렁거리는 욕망이 그를 이끈다. 나중에
삼수갑산을 간다 한들 그의 손엔 소주병이 쥐어졌다. 이어지는
일탈 속에서 시인은 토속어를 골라낸다. 서울내기가 촌뜨기의
언어를 훔쳐 자신의 시어로 꿰고 있다.

막걸리 쟁이다 붓고

괜히 붓고

뒷산허리 돌둑에 기대 들붓고도, 거반

마루 미쳐 햇살지기

봄바람 산드라니, 붓다

붓다

붓다 죄 까무룩—할 틈, 턱없이

풀린

섶이

브레이크. 손봤자

벌써 해 떨어질라 혹여

언덕바지

꽃떨기 길에

두고 내뺄 수는 없으니

_〈봄날에〉 부분

靑春을 무색케, 늘

어울리던 신촌 뒷골목엔

통기타 하나로 족하던 2층 주점과 광화문 근처

허름한 봄과 여름과 가을을 오가던 그 겨울을

오늘, 어때?

_〈인호傳〉 부분

　어느 봄이 청춘을 그 자리에 머물도록 내버려 둘까, 그러나 청
춘을 흔드는 것은 비단 봄뿐이 아니다. 꽃이 없어도 바람이 없어
도 가진 것 없어도 청춘은 혼자서도 펄럭인다. 그 펄럭임 즉 역

동성이 사회의 구성원으로 겪어야 하는 모순과 부당함을 견디는 힘이 되어 줄 것이다. 가끔 다 던지고 싶을 때, 혹 떠났을 때라도 다시 돌아올 귀환 회로를 찾게 해 준다.

어쩌자고
오대골 개구지 둘이
나룻배를 밀고
올라타 보니, 어럽쇼
노가 없네. 그래서 뭐
두 팔이 노지. 하여
저었답니다 힘껏

그런데 말이죠
팔심깨나 쓰고 돌아보니
천릿길
맞은편은 만릿길, 냅다
팽개치고 죽을 둥 살 둥
버둥댔다나, 쯧쯧
배는 어찌됐냐면…
그건 모른다며

소주 한잔 삼키고
쥔 양반, 쉰도 넘긴 전호동이가
이제사
미안합네다. 합니다그려

_〈전호동傳〉 전문

진퇴양난의 상황이 펼쳐진다. 그러나 분명해지는 건 한 가지는 반드시 지켜야 했다. 목숨을 구하기 위해 목숨을 건 버둥거림이 이어진다. 그렇게 건진 목숨으로 오십 줄을 넘기고 허름한 노포에서 소주 한잔 기울이고 묵혀 둔 얘기를 한다. 진심이 뚝뚝 묻어나는 한마디를 수십 년 만에 취기를 빌어서 하는, 마음은 벌써 저물었다.

7.

시를 읽으면서 영상미에 흠뻑 빠질 때가 있다. 그 영상이 나를 사유로 인도한다. 또 어떤 때는 나도 모르게 발장단을 하고 싶기도 하다. 시인은 그만의 리듬으로 독자를 춤추게 한다.

종로통에서 접어들자
발 익은 골목은, 갈빛
해거름

구름 트인 새
퍽이나
나무의 푸른 그림자 허리 꺾여 기댄
그 화방(畵房)의 근방일지, 스산한

눈길 닿는 한 점
그림의 환청 혹은 그니가 건넨
난로 곁

찻잔의 온기 따위, 없는

저만치든 나의 뇌리에
허상(虛像)이 뒹구는…, 갈빛

아득한 날의
해거름녘

_〈인사동〉 전문

  잠시 눈앞에 스크린이 펼쳐진다. 바람이 불고 낙엽이 이리저리 뒹구는 늦가을이다. 짧은 해는 빌딩 사이로 떨어지려 하고 스산함이 품속을 파고든다. 불이 없어도 난로 곁을 찾는다. 해거름에 화방을 찾았다. 화자의 역할은 끝났다. 이제는 독자들이 시인의 남긴 침묵 행간을 각자의 감성으로 메워야 한다.

그 길가
돌아선 모퉁이엔, 덜
여문 달

야식집 배달통에 앉았더라

넋없이…

_〈반달〉 전문

덜 여문 달이 성숙을 위한 걸음을 잠시 쉬는 동안 아직 일과를

마치지 못한 고된 노동의 하루는 끝나지 않았다. 다만 배달통 위에 머묾도 휴식이 아니어서 넋없이 앉았다.

> 한 사발 한숨에
> 마파람 들이키고 처박힌
> 개골창에
>
> 끼얹혀진 조개구름 헤집어
> 봄 햇살, 헛
> 씹으며 까무룩―
>
> 장딴지를 두드리니
>
> _〈맛있는 오후〉 전문

> 섬마섬마, 어린 가지 어르는 봄
> 바람결이
> 달갑기도 하거니와, 모금모금
> 삶은 달걀 오물거리며
> 덩달아 물오른
> 콧소리로
>
> _〈간이역〉 부분

간이역을 지나는 건 사람들만이 아니다. 봄 햇살이 오는 소리, 바람이 한 발 한 발 떼는 소리, 나무에 물오르는 소리, 물새 날개 터는 소리, 어떤 이는 겨울 뒷걸음질하는 소리도 들었다는데 아직 거기에 미치지 못했다. 사물의 소리를 듣지 못하는 사람은 더 이상 시인이 아니라는 쇼펜하우어의 말을 빌리자면 이 간이역을 몇 번이나 찾아야 할지 꼽아 본다.

covid19에 빼앗긴 봄부터 살기 위해 우리는 어쩔 수 없이 머물러야 했다. 그리고 서로 거리를 두고 떨어져 보게 되었다. 머물며 잊고 있던 것들의 소중함과 사랑에 인색했고 감사에 소홀했음을 깨닫게 한다. 인간 본위의 질서가 아닌 모든 생명 공동체를 소중히 여기고 공존하는 마음가짐이 절실함을 느낀다. 시인의 작품이 지닌 서정성이 postmodernism을 투과하며 다원화하고 있음에 안도하며 새로운 작품을 기대한다.

.

어려움 중에도, 이 책의
처음과 끝이 되어 준 친구
전성진에게 감사하며…

2020년 7월